달 샤베트

모두들 창문을 꼭꼭 닫고,
에어컨을 쌩쌩,
선풍기를 씽씽 틀며
잠을 청하고 있었습니다.

똑

·

·

·

·

·

똑

·

·

똑

어! 이게 무슨 소리지?

창 밖을 내다보니,
커다란 달이 뚝뚝 녹아내리고
있었습니다.

부지런한 반장 할머니가
큰 고무 대야를 들고 뛰쳐나가
달방울들을 받았습니다.

이걸로 무얼 할까?
할머니는 노오란 달 물을 샤베트 틀에 나누어 담고
냉동칸에 넣어두었습니다.

에어컨은 쌩쌩
선풍기는 씽씽
냉장고는 윙윙

온 세상이 깜깜해졌습니다.
전기를 너무 많이 써서 정전이 된 것입니다.
모두 모두 밖으로 나왔습니다.
너무너무 어두워서 잘 걸을 수도 없었습니다.

그때,
반장 할머니 집에서 밝고 노란빛이 새어 나왔습니다.
모두 모두 빛을 따라 할머니 집으로 향했습니다.

할머니는 문을 열고
달샤베트를 하나씩 나누어 주었습니다.

달샤베트는 아주아주 시원하고 달콤했습니다.

신기한 일이었습니다.

달샤베트를 먹고 나자
더위가 싹 달아나 버렸습니다.

그날 밤, 이웃들은
선풍기와 에어컨 대신
창문을 활짝 열고
잠을 잤습니다.

모두 모두
시원하고 달콤한 꿈을
꾸었습니다.

똑

똑

똑

.

.

.

이번엔 또 무슨 소리지요?

문밖을 내다보니 옥토끼 두 마리가 서 있었습니다.
"달이 사라져 버려서 살 곳이 없어요."

"그것참 큰일이로구나…"
할머니는 식탁에 앉아 생각에 잠겼습니다.

그때,
식탁 위에 놓아두었던
빈 화분이 눈에 들어왔습니다.
할머니는 남은 달 물을 꺼내
화분에 부어주었습니다.

그러자
달처럼 환하고
아주아주 커다란 달맞이꽃이
피어났습니다.

꽃송이는 밤하늘을 향해
고개를 들었습니다.

잠시 후,
새까만 밤하늘에
작은 빛이 피어났습니다.

작은 빛은 점점점 자라나
커다랗고
노랗고
둥그런
보름달이 되었습니다.

토끼들은 덩실덩실 춤을 추며
새집으로 돌아갔습니다.

반장 할머니도
시원하고 달콤한 잠을 청했습니다.

"모두 잘자요."

달 샤베트

초판 1쇄 찍음 2010년 8월 5일
초판 13쇄 찍음 2012년 12월 6일

지은이 백희나
책요정 이기섭
큰도움 백광주 한광희
글도움 박상태
제작도움 정은주
아파트전기공사 최봉재
사진 문현국
사진어씨스트 김병수 이상덕
인쇄 제본 고윤만
끊임없는 조언과 의논 박상태 최수진
현실적인 조언 천상현
한글 맞춤법 도움 김순자
인형가구우편담당 이상은
카메라대여 라이트기부 송지영
그림책의 영감과 응원 박홍비 박범준
힘솟는 케이크 임홍재, 백주나
육아와 집안일 큰도움 김순덕

펴낸이 백희나
펴낸곳 Storybowl(스토리보울) ◗
출판등록 2010년 6월 21일 (제 2010-000055土)
주소 서울특별시 용산구 이태원로55가길 14(한남동)
전자우편 storybowl@yahoo.com
전화 070-7788-5667
팩스 02-796-5664
ISBN 978-89-964782-0-1 73810
인터넷홈페이지 www.storybowl.com

이 책은 지구의 내일을 위해 콩기름 인쇄를 했습니다.